FAIBLESSE

ET

BARBARIE ACTUELLE DE PARIS

EN MATIÈRE DE POÉSIE

PAR

UN CHARABIA-PARISPHOBE

DE VILLENEUVE-SUR-LOT.

Paris est le faux dieu du vulgaire ignorant;
Paris a corrompu cette langue divine
   Que tu créas (Boileau) avec Racine,
D'un grand maître fameux disciple encor plus grand.

  . . . .
  . . . .

C'est toi (Paris) qui nous ravis tout le fruit de nos veilles;
   Tu rapines comme un milan,
Frelon tout engraissé de miel pris aux abeilles,
   Geai paré de plumes de paon.

  Ils n'oseront pas!

  Quand on a reculé trois fois, on doit reculer encore.

PARIS

CHEZ LEDOYEN, LIBRAIRE-ÉDITEUR,

PALAIS-ROYAL, GALERIE D'ORLÉANS.

1842

FAIBLESSE

ET

BARBARIE ACTUELLE DE PARIS

EN MATIÈRE DE POÉSIE.

IMPRIMERIE DE E. DUVERGER,
RUE DE VERNEUIL, Nº 4.

FAIBLESSE

ET

BARBARIE ACTUELLE DE PARIS

EN MATIÈRE DE POÉSIE

PAR

UN CHARABIA-PARISPHOBE

DE VILLENEUVE-SUR-LOT.

Paris est le faux dieu du vulgaire ignorant;
Paris a corrompu cette langue divine
  Que tu créas (Boileau) avec Racine,
D'un grand maitre fameux disciple encor plus grand.

C'est toi (Paris) qui nous ravis tout le fruit de nos veilles;
  Tu rapines comme un milan,
Frelon tout engraissé de miel pris aux abeilles,
  Geai paré de plumes de paon.

Ils n'oseront pas!

Quand on a reculé trois fois, on doit reculer encore.

PARIS

CHEZ LEDOYEN, LIBRAIRE-ÉDITEUR,

PALAIS-ROYAL, GALERIE D'ORLÉANS.

1841

N. B. Voici le *quatrième défi poétique* adressé par nous à Paris afin de décider par une épreuve la question de supériorité en poésie entre Paris et la province, question que Paris a depuis longtemps résolue en sa faveur, comme beaucoup d'autres plus importantes, parce que dans toutes il est à la fois juge et partie. Mais nous voulons user du droit qui nous reste d'appeler de ce jugement au public éclairé et impartial, et nous demandons qu'on en vienne à l'examen des titres respectifs. Nous sommes en effet vraiment curieux d'apprendre si l'on écrit mieux en vers à Paris qu'à Villeneuve, et de savoir au juste de combien de degrés les Muses des bords de la Seine sont supérieures aux Muses des rives du Lot. Nous avons cru jusqu'à présent qu'on pouvait très bien , sous ce rapport, mettre la province au niveau de Paris, ce qui, à la vérité, n'est pas beaucoup dire dans ce moment ; car, malgré quelques réputations usurpées, il est certain que Paris aujourd'hui ne peut compter en poésie un seul talent du premier ordre, un seul de ces talents destinés à résister aux siècles. Pourtant Paris se montre à présent, comme il s'est montré toujours, fort dédaigneux envers la province. Aussi l'orgueil de Paris a dû allumer des haines ardentes qui ne peuvent s'éteindre que dans sa honte, et nous avons, nous, comme un désir violent d'abaisser cet orgueil aux yeux de la France. Mais il est probable que *les grands poëtes de Paris de l'époque actuelle* refuseront le combat que nous leur présentons ; c'est leur habitude, et, à n'écouter que l'intérêt de l'amour-propre au lieu de la voix de l'honneur, c'est peut-être en effet ce qu'ils ont à faire de mieux. Quand on n'est pas bien sûr de la trempe de ses armes, il est prudent de ne pas s'exposer au combat. Mais, d'un autre côté, il faudra bien que la France et Paris même finissent par comprendre ce que signifient ces refus réitérés de la part des *grands hommes* ou des *grands génies* qu'on a voulu faire dans notre époque.

FAIBLESSE

ET

BARBARIE ACTUELLE DE PARIS

EN MATIÈRE DE POÉSIE.

La haine ardente qui m'enflamme
Sans cesse dans mon cœur trouve son aliment;
Et je sens chaque jour, dans le fond de mon âme,
S'agrandir mon ressentiment.
Paris, despote sans génie,
Quand le monde des arts te reconnaît pour roi,
Moi, je suis indigné de le voir sous ta loi;
C'est le joug de l'ignominie!

Les arts ont aussi leurs faux dieux.
Les arts ont à leur tour leur temps d'idolâtrie
Qui les couvre de barbarie.
La nuit après le jour vient obscurcir les cieux.

Dieu des vers, pour toi quel outrage !
Ton vrai culte est abandonné.
C'est au sein de Paris qu'une horde sauvage
Souille dans ce moment ton autel profané ;
Et ce terrestre écho de ta lyre divine,
Le plus grand, le plus cher d'entre tes favoris,
Le tendre, l'immortel Racine,
N'est-il pas en butte aux mépris ?

Barbares, que déchaîne un aveugle délire,
Vous ne trouvez donc rien qui vous puisse arrêter !
Mais avant de toucher la lyre,
Il faudrait apprendre à chanter.
Votre ignorance usurpe un sacré privilége
Que le ciel donne rarement,

Et vous osez porter une main sacrilége

    Sur l'harmonieux instrument.

    Audace impie et criminelle !

Mais aussi, s'indignant de souffrir vos efforts,

    A vos doigts la corde rebelle

    Ne leur rend que de faux accords.

Pourtant, malgré l'affront des défis qu'on t'adresse,

    Tu ne veux jamais de combat ;

Paris, on comprend bien que tu crains un éclat

    Qui mettrait à nu ta faiblesse.

    Il est prudent de se cacher

Quand on ne peut prouver une force réelle.

N'as-tu pas par trois fois refusé de marcher

    A ce combat où l'on t'appelle ?

Cette épreuve en effet deviendrait ton écueil ;

Tu verrais s'y briser toutes tes renommées.

    Tes *grands hommes* sont des pygmées.

    Tu n'as rien de grand que l'orgueil.

Que t'importe après tout, on t'a chargé de gloire.
Oui ; mais ton rôle ignoble est celui d'un soldat
    Qui prend l'honneur de la victoire
    Sans avoir pris part au combat.
C'est toi qui nous ravis tout le fruit de nos veilles ;
    Tu rapines comme un milan,
Frelon tout engraissé de miel pris aux abeilles,
    Geai paré de plumes de paon.
C'est ainsi, de nos jours, que plus d'une couronne
Ne s'entoure à nos yeux que d'un lustre terni ;
Et quand l'usurpateur s'est emparé du trône,
    Le roi légitime est banni.

A ton tour sois donc roi du monde littéraire.
Règne, règne, Paris, superbe usurpateur,
    Jusqu'à ce qu'un libérateur
Venge de ton orgueil la France tributaire.
    Le sort, qui veut te faire roi,
    Des hommes est l'aveugle pâtre.

Roi tremblant, quand il faut combattre,
Le trône n'est pas fait pour toi.

Oui, ta peur du combat décèle un cœur d'esclave.
Le poëte attaqué doit répondre soudain ;
Sa lyre doit toujours être prête en sa main,
Comme l'épée aux mains du brave.
Paris, craindrais-tu donc le sort de Marsyas,
Dont sans doute tu sais l'histoire?
Aujourd'hui cependant il est bien des Midas
Pour te décerner la victoire.
Va, dans l'aveuglement de tes admirateurs,
Ta faiblesse toujours doit trouver un refuge ;
A la voix de tous ses flatteurs
Paris doit triompher quand l'ignorance est juge.
Ses *grands hommes* sont sûrs d'être bien soutenus ;
Le préjugé public est pour eux un asile ;
Énée échappe aux coups d'Achille
Avec le secours de Vénus.

C'est ainsi qu'on voit des armées
Trouver toute leur force en leurs retranchements,
Et devant l'ennemi cessant leurs mouvements,
Dans des murs protecteurs se tenir renfermées.
A leur fer indigné leurs cœurs manquent de foi.
Soldats dégénérés, redoutant les batailles,
    Afin d'abriter leur effroi,
    Il leur faut d'épaisses murailles.
Soldats qui pour leur chef reconnaissent la Peur,
Le glaive reste oisif dans leurs mains impuissantes,
    Leurs baïonnettes innocentes
    N'osent pas rougir leur blancheur.

Paris en poésie est une faible armée
Qui derrière des murs se cache prudemment ;
Paris a deux remparts : sa fausse renommée,
    Et du public l'aveuglement.

    N'es-tu pas lasse de ton rôle ?
France, mon front pour toi se couvre de rougeur

Quand je te vois aux pieds d'une barbare idole
    Qui n'a ni force ni grandeur.
Quoi ! tu veux donc toujours ramper dans la poussière
    Devant l'orgueilleuse cité,
Dont pourtant dans les arts l'ignorance est grossière ?
Quand donc viendra, pour rendre à tes yeux la lumière,
    Le grand jour de la vérité ?
Si ce grand jour luisait dans le temps où nous sommes,
A bien des noms vantés il deviendrait fatal,
    Et l'on verrait bien des *grands hommes*
    Renversés de leur piédestal.

Mais comment ont-ils fait pour ravir la couronne
Qu'ils portent à leur front tous ces *maîtres* nouveaux ?
    Pour pouvoir usurper un trône,
Il a fallu d'abord qu'ils fissent un chaos.
Au soleil qui les blesse ils ferment leur paupière ;
Ils ont reçu le don du pouvoir qui détruit.
Dieu jadis pour le monde a créé la lumière ;
    Eux pour les arts ont fait la nuit.

Faibles rois, demandant le secours des ténèbres
    Pour protéger leur royauté,
Ils veulent se cacher sous des voiles funèbres,
Ne pouvant du grand jour soutenir la clarté;
    Retranchés dans leur nuit épaisse,
Ils ont soin bien loin d'eux d'écarter tout flambeau;
    Et, pour déguiser leur faiblesse,
Sur tous les yeux soumis ils mettent un bandeau.
Tel on nous peint le roi de ces rivages sombres
Dont le soleil jamais n'éclaira les abords,
    N'ayant pour sujets que des ombres,
    Et ne régnant que sur des morts.

O grand législateur de ce grand art d'écrire!
Toi qui nous en donnas de si doctes leçons,
    Toi qui retrouvas sur la lyre
Cette pure beauté de ses antiques sons,
    Toi qui fus le moderne Horace,
    Sévère et redouté Boileau,
Toi, de quelques rimeurs autrefois le fléau,

Et le Cerbère du Parnasse,
Si tes yeux pouvaient voir de la nuit du tombeau,
Tu verrais que Paris dans ce moment fourmille
De Chapelains et de Pradons ;
Ils sont ressuscités, cachés sous d'autres noms ;
Mais on les reconnaît à leur air de famille.
Ils veulent cependant nous imposer leurs lois
Avec une arrogance insigne ;
Corbeaux qui surent prendre un plumage de cygne,
Mais qui sont trahis par leurs voix.

Boileau, tu dois frémir quand tu vois de la lyre
Les barbares profanateurs ;
Reviens donc pour chasser tous ces usurpateurs
Avec le fouet de la satire.
Elle fut dans tes mains un terrible instrument
Qui faisait toujours sa blessure.
Tes traits partaient, volaient, frappaient en un moment.
Vieux soldat, aujourd'hui reprends ta vieille armure,
Toi, de la poésie un des plus grands soutiens,

Viens sauver ce grand art, du ciel enfant sublime ;
  Renaud, pour délivrer Solime,
  Reviens vite au camp des chrétiens ;
Achille, ressaisis ta redoutable lance,
Sors de ta tente, et vole à des combats nouveaux,
  Les Troyens, forts de ton absence,
  Des Grecs vont brûler les vaisseaux.

  Du poétique et beau langage,
Toi qui nous as donné les plus savantes lois,
Boileau, viens aujourd'hui défendre ton ouvrage ;
  C'est à toi de venger les droits
  Du bon goût que Paris outrage :
Paris est le faux dieu du vulgaire ignorant,
Paris a corrompu cette langue divine
  Que tu créas avec Racine,
D'un grand maître fameux disciple encor plus grand ;
  Boileau, nous avons tout à craindre ;
Le bon goût va périr frappé d'un coup mortel,

La vestale séduite a fui loin de l'autel,
   Et le feu sacré va s'éteindre.

Mais ce honteux malheur sachons le prévenir;
Qu'un même sentiment aujourd'hui nous rassemble,
   Contre Paris il faut s'unir;
   On est fort quand on marche ensemble;
Et c'est ainsi qu'on peut se venger et punir.

   Vous qu'indigne la tyrannie,
Surtout quand elle n'a ni grandeur ni talent,
Venez, nous abattrons cet orgueil insolent
   D'une puissance sans génie.
   Attaquons-la de toutes parts.
Mais les tyrans toujours redoutent les batailles,
Eh bien! pour les forcer derrière leurs murailles,
   D'assaut nous prendrons leurs remparts.
Paris nous écrasa de son joug despotique;
Mais nos mains briseront son sceptre détesté.

Dans les arts comme en politique,
Partout il faut la liberté.

Mais, Paris, c'est en vain que ma voix se fatigue
   A te jeter l'injure au front;
   Tu dévoreras ton affront,
Et don Diègue outragé n'aura plus de Rodrigue.
Rien ne peut te venger de ce Gormas nouveau
Portant la flétrissure à ta gloire noircie,
   Et les Cid de la poésie
   Dans tes murs sont tous au tombeau.

IMPRIMERIE DE E. DUVERGER,
RUE DE VERNEUIL, N° 4.